내 탓

이 복 구

지식과교양

머리말

한 달에 한 번씩 모이는 '시공'에 3년 넘게 출석했다. 거기서 발표하고 첨삭받은 두 갈래의 시를 묶었다. 하나는 우리 옛날이야기를 시로 바꾼 것, 다른 하나는 서정시이다.

우리 옛날이야기를 모으고 연구하다 만난 금쪽같은 이야기들을, 나 혼자 아는 게 아까워, 시 모임에서 서정시와 함께 선보였던 건데 반응이 괜찮았다. 신화와 전설은 미당 서정주 선생이 시로 쓴 적이 있고, 유안진 선생이 민속을 시로 읊은 적이 있다. 민담을 시로 바꾸어 시집으로 묶은 건 이게 처음 아닌가 싶다.

처음에는 옛날이야기를 시로 옮긴 것만 엮으려 했다. 아무래도 분량이 너무 적어, 다른 시도 보탰다. 1부에는 '내 탓'이라는 제목으로 이야기 시들을, 2부에는 '매미'라는 제목 아래 현실의 삶을 시로 다듬은 것들을 모았다.

이 시집으로 우리에게 귀한 옛날이야기가 많다는 걸, 많은

이가 알았으면 좋겠다. 시를 어렵게만 생각하는 이들은 가볍게 쓴 내 시(?)들을 읽고 용기를 가졌으면 한다.

올해로 내 나이 환갑. 최근에 몹시 앓다 일어나 감격 가운데 하루하루를 살고 있다. 두 번째 인생을 시작한 것만 같은 기분이다. 2부에 그 감격을 담았다. 두 성격의 시를 한데 아우르는 제목으로 무엇이 좋을까 궁리하다 '내 탓'이라 하였다. 내가 가장 아끼는 옛날이야기 제목이면서, 정말로 그렇게 살고 싶은 마음이 늘 간절하기에 그랬다.

나를 살리려 목숨 걸고 기도한 아내 김범순 권사에게 감사한다. 나를 사랑해 주는 분들께, 아직 아픈 이들에게 이 시집을 드린다.

시에 눈 뜨게 해 주신 권오만 은사님, 그 밑에서 함께 공부하는 '시공' 동학들에게 머리를 숙인다. 나와의 사제간 인연으로 삽화를 그려준 송한근 선생, 표지화를 그려주신 삽화가 최연선 선생님, 밤새워 교정을 보아주신 최명환 선생님께 감사드린다.

환갑, 내가 태어난 을미년을 다시 맞게 하신
하나님께 가슴 가득 감사 찬양을 올립니다.

2015년 9월
이 복 규

차 례

제2부 매미 : 현실의 삶을 시로 다듬기 ___

제1부

내 탓 : 옛날이야기 시로 읽기

내 탓

시부모를 모시고 사는 며느리
빨래를 삶다 아차!
그만 태워먹었다
어머님 죄송해요 제가 해찰한 탓이에요

마실갔다 돌아온 시어머니가 말했다
아니다 내 탓이다 너만 두고 마을 나간 내 탓이다
아니에요 제 탓이에요

서로 자기 탓이라 우기는데
장에 갔던 시아버지가 돌아와 말했다
내 탓이오 바닥 얕은 솥을 사다준 내 탓이오

자기 잘못이라며
셋이서 목소리 높이는데
나무하러 간 아들이 와서 하는 말
제 탓입니다
땔감을 너무 많이 해다 놓은 제 탓입니다

서로 자기 탓이라 우기던 네 식구
하하 호호 껄껄 큭큭 하하호호 깔깔껄껄
집안 가득 동네 가득
웃음이 퍼졌습니다 행복이 퍼졌습니다

기도

동풍 불게 해 주세요
서촌 어부는 이렇게 기도하고

서풍 불게 해 주세요
동촌 어부는 이렇게 소원하고

남풍 불게 해 주세요
북촌 어부는 이렇게 간구하고

북풍 불게 해 주세요
남촌 어부는 이렇게 빌고

이 바람 불면 저 어부 울겠고
저 바람 불면 이 어부 울겠고

어지러우셔라, 우리 하나님……
그래서 부는 게 회오리바람이라지.

어느 아버지의 계녀가(戒女歌)

부잣집에 시집온 며느리
친정 갈 적마다 먹을 걸 가져갔더란다.

배곯는 친정 식구가 눈에 밟혀
쌀도 조금 음식도 조금
몰래 두었다 가져갔더란다.
시어머님이 주신 거라며 갖다 주었단다.
고마워라 그냥 있을 수 있나

그 어머니가 사돈댁 찾아와 하는 말
보내주신 쌀과 음식 정말 잘 먹었어요.

밖에서 그 소리 듣던 딸
빨개진 낯으로 뛰어들어와 말했다지.
엄마 왜 그 말 했어? 나 이제 못 살아.
이튿날 그 딸 뒷간에서 목맨 채 발견되었다는구나 글쎄.

애들아 내 딸들아

이런 며느리 되지 마라.
제발 툭 털어놓고 말하며 살렴.
이런 어머니 되지 마라.
제발 깊이 생각하고 말하렴.

* 계녀가 : 어머니나 아버지가 시집가는 딸에게 주는 교훈을 담
  은 노래. 규방가사의 한 유형.
- 출처 : 이복규, 〈며느리 이야기〉, 《중앙아시아 고려인의 구전
  설화》(집문당), 135쪽.

불평쟁이

보는 것마다 불평하는 청년
산을 보면 이렇게 불평했다.
어째서 하나님은 높은 산을 만든 거야?
오르기 성가시게.
흙을 보면 이렇게 불평했다.
어째서 하나님은 지저분한 흙을 만드신 거야?
털기 귀찮게.

하루는 길을 가다 지붕 위에 호박이 주렁주렁 맺힌 집 옆
큰 도토리나무 밑에서 쉬고 있었다.
저리도 가는 덩굴에 저리도 커단 호박 열리게 하다니
저리도 큰 나무에 저리도 작은 도토리 열매 맺게 하다
니……

그때, 도토리 알 하나가 툭
청년의 코 위에 떨어져 붉은 코피가 흘렀다.
청년이 딱
손뼉을 치며 외쳤다.

고마우셔라 우리 하나님,
저 도토리나무에 호박이 열렸더라면
내 머리가 깨져 죽었을 텐데!

어떤 유언

여보게 사위
우리 죽어도
자네, 눈물 한 방울 떨구지 말게나

앞 못 보는 장모
걷지 못하는 장인
서른 해 동안 목욕시키며 거둬준 자네
그 정성으로 이미 충분하이

우리 때문에 싸우는 소리, 한 번쯤 날 법도 한데
끝내 듣지 못하고 잘 살게 해준 자네
내 딸이야 딸이니까 그렇다지만……

여보게 사위
우리 죽거들랑 자네
눈물 한 방울도 떨구어선 안 되네

* 카자흐스탄에 거주하는 고려인의 구전설화를 조사하다가 김로

자 할머니로부터 들은 착한 그 남편의 이야기를 시로 표현한
것임. 우리 민중의 생애담 가운데에는 이렇게 감동적인 게 참
많음(출처 : 이복규, 《중앙아시아 고려인의 구전설화》, 집문당,
2009).

내 소득

원님의 민정 시찰 길
아낙 하나가 길에서 돌을 줍고 있다

무엇하러 줍는고?
공사장에 내다 팝죠.
하루에 얼마나 버는고?
30전쯤입죠.
식구는?
셋입죠.
30전으로 세 식구가……?

10전은 빚을 갚고,
10전은 빚 놓고,
남은 10전만 먹습죠.
시어머님이 자시는 건 빚 갚는 것,
아들이 먹는 건 빚 놓는 것.
남은 10전만 제 것입죠.

그렇구나! 그렇구나!
원님은 연달아 고개만 끄덕이고
또 연달아 끄덕였다.

힘 자랑

힘센 장수와 꾀 많은 장수가 한판 붙었다.
닭털을 누가 울타리 너머로 날려 보내나?

그까짓 것 쉽지.
힘센 장수가 닭털을 손에 쥐고 힘껏 던지자
날아가기는커녕 반동으로 되돌아왔다.
나 좀 봐라.
꾀 많은 장수는 닭털을 손바닥에 올려놓고 훅
입김만 불었다.
닭털은 입김을 따라 울타리 너머로
가볍게 날아갔다.

세상살이, 힘만 세면 되는 줄 알지만
천만의 말씀, 만만의 말씀.

흘령도인(屹靈道人)의 작업

강원도 흘령산 백운암에 살았던 흘령도인,
암자를 짓기 위해 짐 소가 필요해
하루만 소를 빌려주시오,
동네사람에게 청했다지요.

빌리러 온다는 날 아침부터 내놓았으나
기다리고 또 기다려도 오지를 않더라나요?
날 저물어 외양간에 소 도로 들이려다 보니
땀에 흠뻑 젖어 탈진해 있더라네요.
그 도사, 소의 정신을 뽑아다 쓴 거라네요 글쎄.

일을 몸으로 하는 줄 알지만,
그건 엄청난 오해라는 말씀.

백세청풍비

해주 수양산 백이숙제 사당
거기 '백세청풍(百世淸風)'이라 새겨진 비석이 서 있다는데

애초에는 네 글자 모두 중국 주자한테 받은 거라죠.
배에 싣고 돌아올 때 황해 바다 가득 큰 바람이 불었다네요
바람 풍자를 오려내 날리자 바람 그쳐 무사 귀환은 했다는
데요
그 글자 못 채워 비석 못 새겨 한숨 쉬고 있을 때

걱정들 마시오 한 사람이 나타나
붓을 들어 '바람풍(風)'자를 쓰기 시작했다네요
마지막 점을 꾹
찍고는 피를 토하며 그 사람이 죽었다지요.

百世淸風碑 바람풍자 한 글자로
그 사람의 솜씨, 지금도 남아 있다네요

무엇으로 채울까

이 방안을 채울 물건을 구해 오너라.

세 학동의 앞날이 궁금한 훈장님,
저들에게 두 냥씩 나눠주며 이렇게 말했다.

한 아이는 성냥과 솜뭉치를 구해와 연기를 피웠다.
풍족하지만 남의 눈물 빼며 살겠구나 넌.

한 아이는 성냥과 향을 구해와 향내를 풍겼다.
가난하지만 향기롭게 살겠구나 넌.

마지막 아이는 성냥과 초를 구해와 방안을 밝혔다.
구석구석 온 백성을 구제하며 살겠구나 넌.

그 훈장님, 지금 내게 분부하면,
무엇으로 세상을 채울꼬? 나는.

바늘 춤

소아마비에 걸린 바늘장수집 아들
하나님 미워요……

창호지 구멍에 바늘이나 넣어보자
방문 걸어 잠그고 날마다 던지고 던져
구멍들이 화경만 해지면서 백발백중

임진왜란이 터지면서 병이 낫자마자 들려오는 소식 하나
왜국 장수 칼 앞에 조선과 명나라 장수와 병사들 떨고 있다
네

맨주먹으로 나가 그 앞에 나비처럼 춤추던 바늘장수집 아들
두 주먹 펼치자마자 어흐흐흑
골리앗처럼 얼굴 감싸쥐고 고꾸라지는 왜국 장수.
두 눈 깊숙이 그 아들의 바늘이 박혀 있었다지요.
칼을 뽑아 번개같이 왜국 장수 목을 베었다지요

아하, 그 때 소아마비 걸렸던 게

다 하늘의 뜻이 있었던 게지요

호랑이 잡은 머슴

호랑이가 뭔지 모르는 머슴이 있었다.
고향에서 설 쇠고 작대기로 눈 헤치며 돌아오는 길

살쾡이 같은 짐승이 떠억
아가리를 벌리고 있다

힘들어 죽겠는데
같잖은 짐승이 누굴 약올리는 게냐?

콱
작대기를 그 짐승의 아가리에 쑤셔 박았다

주인어른!
오다가 살쾡이 한 마리를 잡았습니다요
주인집 식구들은 그 짐승을 보고 벌벌 떨었다

이 세상,
알아야 산다고들 하지만

꼭 그런 것만도 아니니…….

임금과 사주가 같아서

무수리 아들 영조대왕의 사주가 특별했지요.
갑술년 갑술월 갑술일 갑술시에 태어난
사갑술생(四甲戌生)이었으니까요.
임금자리에 오른 것이 오로지 사주 덕이라 믿기에
똑같은 사갑술생 백성은 어찌 살까 궁금해
찾아오라 했더니
강원도 산골에서 꿀벌 치는 노인이 불려왔지요.

"난 높고 귀하건만 넌 어째서 낮고 천하게 사느냐?"
"저도 전하와 견줄 만한 복을 누리고 있지요.
8형제를 두었으니 전하의 팔도만 하고,
100여 개 벌통이 있으니 전하의 100여 고을과 견줄 만하고,
벌통에 드나드는 벌들 수는 전하의 백성 수보다 결코 아니
적사옵니다."

사주는 못 속인다며
영조대왕이 큰 상을 주어 보냈다지요.

그런데,

어디 그 노인만 그러겠어요?

우리도 제각기 벌통 하나쯤은 치고 있잖아요?

두 노인

스님과 제자가 길을 갑니다.
한 노인이 구덩이를 파고 있어, 왜 파느냐고 묻자,
돈 가진 사람이 빠지면 빼앗으려 그런다고 했습니다.
영감님 개똥밭에 굴러도 이 세상에서 오래오래 사십시오
스님이 축원해 주었습니다.

한참 가다가 다른 노인이 길섶의 풀을 베고 있어, 왜 베느냐고 묻자,
지나다니는 사람들 걸려 넘어지지 않게 그런다고 했습니다.
영감님 부디 이 세상 편안히 떠나십시오
스님이 축원해 주었습니다.

세월이 흘러 다시 그 스님과 제자가 그 길을 갑니다.
구덩이 파던 노인은 구부러진 허리로
오줌통 짊어진 채 비탈길을 오르고 있었고,
풀 베던 노인은 죽어 꽃상여 탄 채
구름같은 자손과 이웃의 환송을 받고 있더랍니다.

홍시와 불효자

어떤 불효자가 감나무에 달린 홍시를 보고,
맛있겠다, 눈독 들이고 있었건만
어느 날 감쪽같이 없어졌지요.

그 홍시 내가 따 먹었다, 어머니가 말씀하시자마자,
부르르 떨며 도끼를 들고 가 감나무를 찍어버렸지요.

천하의 불효자식을 혼내 주소서
소문 들은 동네사람들이 원님한테 고발해 붙들려갔는데,
원님은 도리어 칭찬했지요.
모친이 감 따러 올라가다 낙상할까 봐 그런 거로구나
효자상까지 듬뿍 안겨 내보냈지요.

아하, 그런 게 효도이고 효도 하면 칭찬도 받는구나!
땡감같이 떫던 심보가 홍시처럼 바뀐 이 아들
진짜 효자가 되었다지요.

안 보면

내시가 수랏상을 들고 가다가
기우뚱 사과 한 알이 굴러떨어지자
날름 혓바닥으로 핥아 감쪽같이 올려놓았지요
그 모습을 본 임금님이 물었지요
음식들이 어찌 이다지도 정갈한고?
거짓말 하면 죽일 요량으로 물은 건데
안 보면 깨끗한 법이옵니다 전하
그 대답에 임금님은 차마 못 죽였지요

티끌세상이라는 이 더러운 세상에서
어디, 음식만 그러겠어요?

이순신 장군의 백마

이순신 장군을 태우고 다니던 백마가
장군이 죽자 시골에서 밭을 갈고 있었다.

고관을 태우고 가던 말이 비웃었다.
그게 무슨 꼴이냐
나 좀 봐라 히히힝!

백마가 말했다
한때나마 난 거룩한 분을 모셨다만
넌 아직도 똥자루 싣고 다니니? 히히힝!

캐그덩캐그덩 -실낙원-

캐그덩캐그덩
왜 꿩이 이렇게 울까요?

원래는 천상에서 살던 꿩이건만 지상에 내려왔지요
병든 옥황상제가 반하란 약초를 구해 오라며
사흘 말미로 내려보냈기 때문이지요
반하를 발견한 꿩은 열심히 그걸 캤지만
알뿌리가 먹음직해 딱 하나 맛을 보고는
그 맛에 미쳐 몽땅 다 먹어버렸다지요

눈 빠지게 기다리던 옥황상제, 저물어도 올라오지 않자
우르릉 어서 오라 천둥소리를 내었고
놀란 꿩은, 하늘을 향해 외쳤다지요
캐그덩(캐거든)캐그덩(캐거든)

지상의 반하 맛을 못 잊어
암꿩과 만나 살림도 차리고
영영 돌아갈 수 없게 되어버려

이따금 천둥소리가 들릴라치면
지금도 하늘 향해 꼭 이렇게 운답니다

캐그덩캐그덩

나와는 상관없는 일

내가 지은 글에 짝을 채우면 내 남편 삼겠소
예쁘고 돈 많은 기생이 선언하였다.

내 집에 있는 술, 큰 병 작은 병으로 스물넷.
김씨든 이씨든 다 마시게 하겠지만,
마시고 나서 취하고 안 취하고는 나와 상관없는 일.

한 서생이 나타나 이 글에 짝을 채웠다.
내 집에 있는 책, 큰 책과 작은 책으로 스물넷.
김씨든 이씨든 다 가르쳐 주겠지만,
배우고 나서 통하고 못 통하고는 나와 상관없는 일.

딱 떨어지는 글이었으나, 퇴짜를 맞았다.
선생을 찾아 글 배우는 건 알려고 그런 것.
제자가 못 깨친 일이 어째 선생과 상관없단 말이오?

한 의원이 들어가 이렇게 지었다.
내 집에 있는 약, 큰 첩과 작은 첩으로 스물넷.

김씨 병에도 이씨 병에도 다 먹이되,
먹고서 효험 있고 없고는 나와 상관없는 일.

잘 짜인 글이었지만 역시나 퇴짜.
의원한테 약 짓는 것은, 병 나으려고 그런 것.
약 먹고 효험 없는 게 어째서 의원과 상관없단 말이오?

의원이 쫓겨난 뒤 스님이 들어갔다.
우리 절에 모신 부처, 큰 부처와 작은 부처로 스물넷.
김씨 소원도 이씨 소원도 다 빌어주지만,
빌고서 복 받고 못 받는 건 나와는 상관없는 일.

그럴 듯하였으나 기생은 단호했다.
절에 가 비는 까닭은 복 받으려는 것.
빌고 나서 복 못 받는 게, 어째서 스님과 상관없단 말이오?

마지막으로 거지 하나가 찾아왔다.
내 집에 있는 동냥바가지, 큰 것 작은 것으로 스물넷.

김씨네 잔치도 이씨네 잔치도 다 가서 구걸하되,

구걸 후에 그 잔치가 파할지 안 파할지는 나와 상관없는
일.

기생이 듣고 비로소 손뼉을 쳤다.

그렇지. 얻어먹었으면 그만,

그 집 잔치가 파하고 안 파하는 건 거지완 상관없는 일.

그 남자, 시험에 합격해 장가들었다네요

지혜를 담은 그 글 하나로

예쁘고 돈 많은 그 기생과 누구도 상관 못하게 잘 먹고 잘
살았다네요

백정네 돼지고기

사계 김장생 집안, 그 윗대 어른의 제삿날
제수로 사다 걸어둔 백정네 돼지고기를
그 댁 개가 먹고 즉사했지요.

그 집의 남은 고기를 모두 사오너라
사계 선생의 부친, 백정을 잡아다 물고를 내기는커녕
사온 고기를 쥐도 새도 모르게 땅에 묻어버렸다지요
백정의 죄를 깊이 묻어버렸다지요.

백정은 한 마리 짐승이던 때
그냥 죽여도 그만이건만 그랬다네요.

무서운 자린고비

자린고비 집에 들어가 사는 귀신이 몹시 굶주렸다
세상에! 고사떡도 한 번 안 바치는 고약한 놈
심술이 나서 그 집 개를 잡아 훌쩍 지붕 위에 올려놨다

불길한 징조라며 죽이라도 쑤어놓을 줄 알았건만
어랍쇼! 이 자린고비 하는 말
기특한 우리 개!
먼 도둑까지 지키려고 지붕에 올라갔군

바짝 약이 오른 이 귀신 이번엔 외양간 소를 발랑 젖혀놓았
더니만
이놈이 하는 말
영특한 우리 소! 드러누워 발굽을 말리는군

마지막이다
그놈 대가리에 염라대왕한테 빌린 가죽 테를 씌우고
관자놀이에 팍 쐐기 박고 내려치니
골 아프다며 자빠져 누웠다

몇 개 더 신나게 꽂고 내리치자 방바닥에 데굴데굴

이제 뭣 좀 얻어먹겠거니……
마지막 쐐기를 박으려는 찰나 이놈이 외치는 소리
광에 가서 도끼 좀 가져와라
귀신한테 돈 쓰느니 차라리 머리를 빠개버리겠다!
그 귀신, 가죽 테 망가질까봐
얼른 벗겨주곤 주린 배 움켜쥔 채
딴 집으로 도망쳤다지

진짜 주인

도대체 이 둘 가운데 누가 진짜 소의 주인이지?
고민하던 원님이 분부했다.
소에 쟁기를 메워 몰아 보렷다.

가짜가 나섰다
힘껏 고삐를 당기며 이랴 고함쳤으나 요지부동
채찍으로 등짝을 때려도 요지부동

진짜가 나섰다
부드럽게 고삐를 쥐더니만
앞으로 가시지요 그러자 뚜벅뚜벅 걸어간다
그만 서시지요 그러자 멈추고,
우로 도시지요 그러자 오른쪽으로 돈다

소 방울만 해진 눈으로 놀라는 원님에게 이 사람이 말했다
소를 길들일 때 제 아비가 고삐를 잡고 있어
반말하는 게 영 외람스러워 공대했습죠,
입때껏 아버님 생각도 하며 이렇게 몰고 있습죠

암행어사 박문수 이야기

암행어사 박문수, 가을 해질 녘 어느 마을에 들렀다.
"너희 부모는 어디 가셨느냐?"
혼자 집 보던 사내아이한테 물었다.

"우리 아버지는 남의 모가지 베러 갔고, 우리 어머니는 장
에 도둑질하러 갔어요."
　끔찍한 그 대답에 어안이 벙벙했는데
　그 아버지는 곡식 거두어 돌아오고, 그 어머니는 장사하고
돌아오는 게 아닌가

　아이의 그 말 맞는 말이었다
　곡식이 보기에는 모가지 달아나는 게 추수
　비싸게 산 쪽에서는 도둑질당하는 게 장사

　세상 일, 내 눈으로만 보고 살기 십상이나
　역지사지(易地思之), 남의 처지에서도 헤아리며 살 일

꼽추 노파의 즐거움

높은 관리의 지방 행찻길
마른 새우 같은
움막집 꼽추 노파를 만났다

그대에게도 즐거움이 있는고?
있습죠
이런 데 이리 살아도?

하늘은 제게
즐거움을
다섯 가지나 주셨습죠

여자라는 것
미천하다는 것
일한다는 것
꼽추병자라는 것
배고프고 춥다는 것입죠

그게 즐거움이라?

남정네는
식구 먹이느라 뼈 빠지나 쉰네는 그런 부담 없고
고관들은 자리 잃을까봐 바늘방석이나 쉰네는 잃을 게 없고
멀쩡한 몸으로 놀고먹는 건 벌 받을 일이나 쉰네는 일해 떳
떳하고
성한 여자는 사내의 손 탈까 무서우나 쉰네는 꼽추라 일없고
배부르고 따뜻하면 욕심들 부리다 망하나, 기다리면 가을
오고 여름 오니 걱정 없습죠

그 관리
말에서 내려
몸 굽혀 그 노파에게 절하였다

쥐와 고양이

쥐 잘 잡는 고양이가 있었다
쥐들은 무서워 늘 조심하였다
곡식을 훔쳐도 재빨리 조금만
물건을 쏠 때도 번개같이 살짝살짝
쥐 죽은 듯 살았다
넉넉하지는 않았으나 한 마리도 안 다치고
새끼 낳으며 건강하게 살았다

이야옹 이야옹
어느 날 그 고양이가 개한테 물려 죽었다
자유로운 세상이 왔군!
모두 기뻐하건만 이제 우리도 끝장이야!
늙은 쥐가 눈물을 쏟고는
자식들을 데리고 산 속으로 들어가 버렸다

등 뒤에서들 비웃었으나, 빨리도 종말이 왔다
배불리 훔쳐 먹기, 옷 더럽히기, 책에 구멍 내기 ……
제 하고픈 대로들 해대자

못참겠다 나도 살아야겠다!
주인이 나선 것

구멍마다 뜨거운 물과 독한 연기가 가득가득
날쌘 고양이들이 그 앞을 지키고 있다가
모조리 물어죽인 것

세상에 내가 무서워하는 그것……
어쩌면, 그 때문에 지금 내가 건강하게 사는지도 모를 일.

새 며느리

한 마을에
부자와 거지가 살았다

어느 날
부자가 마당 가득 나락노적을 쌓자
우리도 돌을 주워다 돌노적이라도 쌓아봐요 제발
안 그러면 굶길 거예요
거지네 새 며느리가 식구들을 닦달했다

굶는 게 무서워
날마다들 나가 주워대니
돌 노적은 솟아오르고
거지들 가슴 속에도 금 같은 자신감이 와짝와짝

어느 날
그 돌노적 속에서 빛나는 금덩이를 발견한 부자
너희 돌노적과 우리 나락노적을 맞바꾸자
이러면서 그 부자

아까운 마음에 슬쩍
나락 한 단을 빼돌린 채 건넸다

그걸 안 며느리
우리도 손해볼 수는 없지
슬그머니
돌덩이 하나를 내려놓고 건넸는데
바로 그 금덩이였다

부자는 하늘이 낸다고 했던가?
함부로 남의 금덩이 탐낼 일 아니다

장군, 병졸의 종기를 빨다

병졸이 종기를 앓자
쭉
장군이 빨아주었습니다
그 병졸의 아들이
아버지를 이어 그 장군의 아래에 들어가고 나서
어머니께 편지를 보냈습니다
장군이 종기를 빨아주었다는 사연이었습니다

어머니는 슬피 울기 시작했습니다
내 남편이 바로 그 일로 장군 위해 싸우다 죽었으니
내 아들도 필시 그럴 거라며
꺼이꺼이 슬피 울었습니다

토정비결 이야기

빌어먹을
내 사위의 팔자

이것으로라도 벌어먹어라

그래서 토정비결을 만들어 사위에게 주었다는데
그 사위 그것으로
남의 운수 일러주어
확 팔자를 고치긴 고쳤다는데

결국 고생할 팔자라면
일찌감치 죽는 게 낫지

이러면서 여기저기 목매는 사람이 생겨나
안 되겠다 그 책 없애라 지시하였다는데,

그 사위
산속 바위틈에 몰래 끼워놓은 탓에

비바람에 망가진 곳은 틀리고
성한 곳은 맞고
그렇게 되었다네요.
어쩌면 앞날 모르는 게 복일지도 모르는데…….

누가 매 임자인가

누가 이 매의 임자인지 판결해 주십시오
매 한 마리를 놓고 다투던 김 서방과 이 서방이 원님한테
부탁했지요.

두 사람의 말을 다 들은 원님이 말했지요.
다 맞는 말이니 반반씩 나눠 가져라.

두 사람이 양쪽에서 매 다리를 잡아당기기 시작했는데
그 이쁜 매 다리가 찢어지려 하자
김 서방이 그만 슬그머니 다리를 놓았지요.

김 서방 네가 진짜 주인이다
원님이 판결을 내렸지요.
솔로몬의 지혜가 이스라엘에만 있었던 게 아니지요.

벼 한 알

도둑 하나가
몰래 농부 집에 들어가
농부 내외가 잠들기를 기다리고 있었지요

여보, 그만 일어나 미음이라도 드세요
아니 미음이라니? 우리 집에 쌀 한 톨도 없는데 미음이라
니?
내가 낮에 남의 논바닥에 떨어진 벼 한 알 주워다 찧어서
쑤었지요.

그 벼 한 알 얻으려고 논임자가 얼마나 애썼는데 함부로 가
져온단 말이오?
그 미음이라도 도로 갖다 놓고 오세요.

평생 남의 것 훔쳐 먹고 살아온 도둑이건만
내외의 말을 듣다 눈물을 흘렸지요
다시는 남의 것 훔치지 않겠다며 그 집에서 나왔지요.

내가 물어주어야지

구두쇠 김 영감네 소가
가난한 박 영감네 콩밭에 들어와 뜯어먹었지요
한 해 농사를 망친 거지요
물어달라고 해봐야 안 될 건 뻔한 일
거꾸로 말을 건넸지요.

자네 콩밭인지 아닌지 모르는 우리 소가
그만 자네 콩밭에 들어가 마구 뜯어먹어 농사를 망쳤어
주인인 내가 물어주어야 하겠지?

구두쇠 김 영감이 그 말을 듣자마자 말했지
소야 모르지만 자네는 어느 게 우리 콩밭인지 아니
당연히 물어내야 하지 암 암 암

그 말 끝나기가 무섭게 박 영감이 말했지
자네 소가 우리 콩밭에 들어와 우리 농사를 망쳤어
당연히 자네가 물어줄 거지?

어미 말

여기 있는 두 말 가운데 어느 게 어미인지 알아 맞혀라
원님이 사람들을 모아놓고 이렇게 분부했지
아무도 알아낼 수 없어 끙끙대는데
한 사람이 나서며 콩을 넣어 쑨 여물을 마련하라 했지

여물을 구해오자 그걸 말에게 주었는데
한 마리는 이상하게 여물에 섞인 콩을 골라 다른 놈한테 주
는 거야

그러자 이 사람이 말했지
다른 놈한테 콩 골라 주는 놈이 어미 말이옵니다
과연 그랬어 그놈이 어미였어
사람이나 짐승이나 어미는 다 같은 게지

낚시

한 선비가 낚시하러 갔어요
미끼는 향내나는 육고기를 썼지요
이상하네, 한 마리도 물지 않았지요

선비 옆의 할아버지는 잘 잡았어요
더러운 지렁이를 썼는데도 잘 물었어요

궁금해서 선비가 물었지요
물고기 많이 잡으려면 어떻게 해야 하는지…?
물고기가 좋아하는 게 무언지 알아야 합죠
그것만 알면 누구라도 많이 잡을 수 있습죠 네

매미

내맘내맘
내맘내맘내마~암……내마~암……
끝없이 울어제끼고 있는
저 매미더러
시끄럽다
함부로
욕하지 마

너
저,
매미 맘을 알아?

1년도 아니고
6~7년
그러니까
짧게는 2,190일
길게는
2,555일간이나

저 어둡고 습진 땅속에서
지옥을 살다
연옥(煉獄)을 살다
환장하게 좋은 극락 이곳
햇빛 찬란한 세상 나와
볼 것 많고
만나고픈 것도 많은데
고작
딱
2주만 있다 끝내야 하는
뭣 같은 운명
저,
매미 맘을 알아?

너 같으면
안 울겠어?
고상하고 우아하게
가만 있을 수 있겠어?

매미처럼 안 살아봤으면
함부로
욕하지 마

너
저,
매미 맘을 알아?
알겠어?

생각만 바꿔도

내게 주어진 길을 걷다
뚜껑 열리게 하는 위인을 만나
가던 길 멈춘 채 화내고 싶을 때
잠시 꾸욱 참고

별 사람 다 있군……
어디 아픈가 봐……
나와는 다른 걸 먹고 살아왔나 봐……
무언가 씌었나 봐……
아직 덜 익었군……
무슨 사연이 있겠지……
나와는 많이 다르군……
연구해 볼 대상이군……
아직 공사 중이군……
그 사람 눈엔 나도 이상하게 보일지 몰라……

내게 주어진 길을 걷다
뚜껑 열리게 하는 위인을 만나

갈 길 멈춘 채 화내고 싶을 때
생각만 이리 저리 바꿔도
마음 편해져, 가던 길 다시 간다
휘파람 불며

홍 선생님

천안에 가면
학자 한 분이 있다
내가 만나고 싶던 학자
진리에 대한 열정과 호기심과
그리고
사람을 존중하고 사랑하는 가슴을 가진
진짜 학자가 있다

이분 집에는 없는 게 없다
국어국문학 관련 원자료들
필사본에서 활자본까지
두루마리 책에서 코덱스 책까지
고소설과 국내외 성경책과 그 언저리 책들까지
온갖 국어책과 문법책과 독본이며 천자문책까지
더욱이
한글이 새겨진 항아리며
한글 관련 골동품들…………
방방이 차 있다

방 셋이 모자라
나머지는 추녀 밑에서 떨고 있다
이분 집은 박물관이다

이분 컴퓨터엔 없는 게 없다
온갖 문헌의
아래아한글 입력 파일이며
원문 이미지 파일이며
한도 끝도 없다
언해본, 고소설, 신소설, 현대소설
설화와 민요와 방언과 우리말뭉치
향가와 시조와 현대시
그리고 다소 위험한 파일까지
깜짝새를 비롯해 마력을 발휘하는
프로그램들 …… 그리고 ……
어떤 것은 1주일 걸려야 모두 다운받을 수 있다니
이분 컴퓨터는 도서관이다

뭘 원하세요? 말씀만 하세요

다 주시겠다는

갑작스런 그 말씀 앞에

도대체 무엇을 달랄까 당황스러웠다

무얼 달랄지 몰라

달랑 몇 가지만 다운받아 와

내 그릇이 그것밖에 안되는 게 못내 한스러운데

그나마 외장용 하드 1테라(1천GB)짜리

하나 가져갔으니망정이지

쓰고 있던 350GB짜리 가져갔더라면 어림없을 뻔,

세상에 손도 크시지

평생 모았을

200GB 분량의 금쪽같은 자료를

막 퍼 담아주시다니 ……

앞으로 6년 반 은퇴하는 날까지

아니, 죽을 때까지 그 모두는 연구 못하리

더 주실 요량이었지만 사양했다

더 욕심부리면 내 명에 못 죽을까봐 사양했다

이 각박한 세상

제자도 아닌 내게

고향 사람도 아닌 내게

달라는 대로 막 퍼주고 그것도 모자라

한자 훈음들의 족보 만들기 어휘들의 족보 만들기 프로젝트로 눈코뜰새 없이 바쁜 일흔셋 노학자가

마치 할일없는 사람처럼

대학다닐 때 만난 일석 이희승 심악 이숭녕 선생님 전설이며 우리나라 역사와 학문과 사회와 교회 그 모든 것에 대해 걱정하며 얘기해 주시고 그래도 모자라

몸 편찮으신 사모님 운전시켜

병천에서 최고라는 박순자아우내순대집까지 데려가

배 터지게 먹여주고 포장해 들려주시는 분

아직도

천안 원성동에 가면

이런 학자가

순 진짜 참기름 같은 학자가
희망봉처럼 씩씩하게
건재하시다

2천원짜리 해장국

종로3가
파고다공원 뒤에 가면
2천원짜리 해장국집이 있다

말로만 듣다가
금년 들어 가장 추운 날
운동삼아 아현동에서부터 걸어걸어
아내와 함께 가서 먹었다
노인들이 바글바글한 선지해장국
맛도 싸구려일까 의심스러웠지만
맛있다
아현동 6000원짜리에 꿀릴 게 없다
함께 먹던 아저씨 왈
이렇게 하면 어디 가서 장사하든 손님 끌겠군
맞는 말이다
이렇게 싸고도 맛이 괜찮은데
어느 누가 안 오겠는가
특히나 지갑이 가벼운

어떤 노인이 안 오시겠는가

싸고도 맛 좋게,
부지런히 오가는 안짱다리 주인 아주머니가
말없이 깨우치는 이 경영철학, 이 심리학,
……내겐 왜 사람이 안 모이냐고
슬퍼하거나 노여워하지 마라
싸고도 맛 좋게만 살아봐
그러고도 사람 안 꼬이면
내 손에 장 지진다
싸고도 맛 좋게
안짱다리 우리 주인 아주머니
꼭 그리 말씀하실 것만 같다

종로3가
파고다공원 뒤에 가면
2000원짜리 고향해장국집이 우뚝하다

인생

살려고 먹기도 하지만,
때론
살기 위해
안 먹기도 하는 것

먹어서 살기도 하지만
때론
먹어서
죽기도 하는 것.

말

몹시 덥던 날
은사님과 연꽃밭 구경하기로 한 날
견디다 못해 자존심도 내려놓고
반팔 입고 용감하게 외출은 했으나
누가 흉보면 어쩌나
여전히 가슴 한켠에 두려움이 있었는데

약속 장소에
먼저 나와 기다리시던 우리 선생님
알량한 내 몸뚱이를 보시자마자 하신 말씀
군더더기 하나 없는 몸이군!

말라깽이로 살아온 육십 년
밥 좀 더 먹어라……
남자 몸이 어째 그러냐……
숱한 말 들으며 살아왔건만
이렇게 이쁜 말이 있다니
겁나게 힘 돋궈주는 말이 있다니!

말이 아니라 말씀
연꽃 구경 하기도 전에 은혜가 충만하였다.

말이란 꼭 요렇게 하는 것이렷다?

서당 개 3년이면

그대 앞에만 서면 나는 왜 작아지는가

명색이 국문학과 교수에 박사인데
시만 나오면 주눅들었다

시 쓰는 동문들이
은사님 모시고 공부하는 모임에 갔다.
한 달에 단 한 번만 모이는 그곳에
거짓말 안 보태고 3년간
(그래봤자 모두 서른여섯 번)
단 한 번도 안 빠지고 참석했다.
시는 쓸 줄 몰라 주로
옛날이야기를 시 비슷하게 손질해 가지고 갔다.

듣는 얘기는 늘 그랬다
재미있는 이야기인 것만은 분명하나
시는 아니다
시는 아니야

이래서 시가 아니고
저러면 시가 되고
내 것에 대한 이러쿵저러쿵
다른 사람의 시에 대한 이러쿵저러쿵

딱 3년을 따라다닌 어느날
중앙아시아 고려인한테 들은 이야기를 다듬어 가져갔던 건데
시다
틀림없는 시다
이제 시를 쓰게 되었군!
시의 아버지 우리 선생님
아주 무거운 입에서 나온 그 말씀
소스라치게 놀랐다, 가슴 벅찼다.

서당개 3년이면 풍월 읊는다는 말 사실이다.
무엇이든 자신 없거든
한 3년만 착실하게
잘하는 사람 찾아가 듣고 또 들어라 혼나고 또 혼나라

엄마의 말 2만 번 들은 뒤에 애기의 말문 팍 터지듯
시에 까막눈이던 내가
50대 후반인 내가
3년 만에 시를 뱉어내듯
그런 순간이 올 거다
오고야 말 거다
반드시!

2만 번

아기가
한마디 말을 하려면
엄마가
2만 번 이상
그 말을 들려줘야 한단다

엄마 엄마 엄마 엄마 엄마 엄마 ·····································
···
맘마 맘마 맘마 맘마 맘마 맘마 ·····································
···

 그렇게 해서 비로소
어느 날 아기 입에서

엄마
맘마

이 소리가 터져나온다는 것

그러니 내가 지금 쓰는 말들
그 수많은 말들을 위해
우리 할머니, 우리 엄마, 누나, 선생님들은

얼마나 많은 말을 들려주고 또 들려주신 것일까?
알아듣든지 못 알아듣든지

엄마 엄마 엄마 엄마 엄마 엄마 ……………………………
……………………………………………………………………
맘마 맘마 맘마 맘마 맘마 맘마 ……………………………
……………………………………………………………………

이제는 내 차례
내가 아는 말을 알려주기 위해
내 학생들에게
우리 할머니 엄마 누나 선생님들이 그랬던 것처럼

엄마 엄마 엄마 엄마 엄마 엄마 ·······························
···
맘마 맘마 맘마 맘마 맘마 맘마 ·······························
···

그랬던 것처럼 들려주고 또 들려주고
또 들려주어야 할 것
언젠가 그 입에서
제 말소리가 터져나오길 기다리면서 기도하면서

가을철 하산 길

가을철
하산 길

등산에서 가장 사고가 잦은 때와 장소라며
케이비에스 아홉시 뉴스에서 보도한 내용.

아하!

인생의 가을철
인생의 하산 길

이때가 가장 위험하구나
사고 많은 때구나

다 살았다 방심하다
확
이름 더럽히지 말고
조심 조심 입조심

마음도 조심
특히 남자들은
거시기 조심

그저 안전하게
내 아버지 쉬는 집에
잘 도착할 그날까지.

할머니의 60원

파지를 주워다 딸 먹여살린다는
아래층 할머니

80은 족히 들어 보이는 할머니
날마다 파지며 고물이며 주워 나르신다

비좁은 연립건물 계단 밑이며 문앞에
층층이 쌓아놓아
2층 사는 우리들 나다니기 좀 불편하지만
아무 말도 않는다
감히 못한다
박스는 박스대로 병은 병대로 깡통은 깡통대로
접을 건 접고, 묶을 건 묶고, 밟을 건 과감히 즈려밟아
우리네 공부꾼들 온갖 대상들 분류하고 체계화하듯
하도 정성껏 다뤄 거룩하게 모셔다 놓으므로
감히
말 못한다

도대체 얼마나 받으시는 걸까?
매우 궁금해 오늘 물었더니
파지 1킬로에
60원
6000원도 600원도 아닌
단돈 60원

오늘부터 난 도저히
함부로 돈 못쓸 것 같다

지금도 아현동 골목 어디에선가
먼지나는 땅바닥에 앉아 샅샅이
보물 캐듯 뒤지고 계실
아래층 우리 할머니 생각하면

부부

당신 건강해질 수만 있다면
난 죽어도 좋아요

내가 한참 아파 밥도 못 먹고
그 좋아하던
학교 가기 싫어하고
교회 가기 싫어하고
속절없이 시들어가고 있을 때

아내는 이렇게 말하며
40일 금식기도
100일 금식기도를
밥 먹듯이 했다
비가 오나 눈이 오나 바람이 부나

그 기도의 끝에 다시
물오른 나무처럼
나는 이제 이렇게 말짱하건만

그때 너무 억장이 무너져버린 것일까?
가슴이 답답해 죽을 것만 같다며 거의 매일 우는 아내

이제는 내가 기도한다 새벽마다
나 살리고 집사람이 아파요 많이
이 사람만 건강해질 수 있다면
100일 아니라 1000날이라도 울게요 날마다

바람 찬 흥남부두에

1950년 12월 23일
눈보라가 휘날리는
바람 찬 흥남부두에
한 편의
드라마가 펼쳐졌다는데
알고들 계시는지

군수물자 수송차
태평양 건너건너 온
미국 수송선의 30대 총각 선장 라루
흥남부두에서 군수물자 실으려다
시커멓게 몰려드는 무려
1만4천명의 조선사람
사람 사람 사람 사람⋯⋯⋯⋯⋯⋯
피도 안 섞인 그 사람들
실어가도 운임도 못 받을 그 사람들
그냥 가도 되건만
아무도 욕할 수 없으련만

돈되는 군수물자 대신
배터져라 가득 가득가득 가득
싣고싣고 또 싣고…………
뒤에서는 마구 포탄이 날아오는데
싣고싣고 또 싣고…………
밤 낮 밤 낮 밤 낮
사흘 동안
자식도 키워본 일 없는 총각이건만
한 사람이라도 굶어죽으면 어쩌나
한 사람이라도 얼어죽으면 어쩌나
간절히 기도하며 기도하여
한 사람도 죽기는커녕
다섯 아기가 태어나 인구가 늘었다는데
그렇게 데려와 거제도에 내려놓은 순간
그만 쭉 뻗어버렸다는데
다시 살아나 귀국한 그 총각 선장
그 길로 수도회 찾아가 수사가 되어
일평생 하나님 앞에 엎드린 채

천하보다 귀한 생명
1만4천이나 살려준 하나님께
감사감사 감사 기도만 드리다
세상을 떠나 저 요단강 건너갔다는데
알고들 계시는지
소설가 공지영의 수도원기행 두 번째 책에
그 드라마 담겨있는데
읽어들 보셨는지

1950년 12월 23일
눈보라가 휘날리는
바람 찬 흥남부두에
한 편의 드라마가 펼쳐졌다는데
알고들 계시는지
알고들 계시는지

우리 아버지의 워낭소리

소 부리던 우리 아버지,

어느 봄날, 남의 논 쟁기질하러 가셨다지.

점심때, 함지박에 소여물을 넣고 그 위에 아버지 드실 쌀밥
을 얹어,

우리 큰누나, 심부름 갔다지.

그런데, 수렁배미 논에 기진맥진한 우리 소,

여물 보고도 못 먹더라지.

바라보던 우리 아버지,

손도 안 댄 당신의 밥그릇,

달싹 여물통에 엎어, 휘휘 저어 디미셨다지.

"아버지는 굶으신 거야. 막걸리만 드시고 종일."

아버지 추도식에서 큰누나가 들려준 그 이야기.

모두 멍해 있는데, 작은형이 하는 말,

"우리 아버지 살아계셨으면, 워낭소리 영화 찍을 뻔했네."

별난 장사꾼

컴퓨터 오래 치면
전엔 목이 아프더니
요샌 손목이 아프다 많이
학회 회식 자리에서 소문냈더니만
자판과 마우스를 바꾸란다
솔깃해 달려간 용산 선인상가 2층
그런 자판 달랬더니만
그 주인아주머니 1초도 망설이지 않고 하는 말
있긴 있는데 별로예요
아픈 손목이, 자판 바꾼다고 안 아프겠어요? 컴퓨터를 좀
덜 쳐야지
글쎄
이런다
아니 이 아주머니 장사하는 이 맞아?
그럼 안 아픈 마우스는 어때요?
있긴 있는데 그저 약간만 효과가 있다나 뭐라나
아니 정말 이 양반
장사하겠다는 거야 말겠다는 거야?

이렇게 해서 가게 운영하겠어?

조금이라도 덜 아프고픈 욕심에 그 마우스 달래서 계산하며

이러다 이 가게 망하면 안 되는데 안 되는데 걱정하는데

어랍쇼 어랍쇼

누에 꽁무니에서 비단실 이어지듯

끊임없이 찾아오는 손님들 손님들

응대하랴 돈 계산하랴 바빠 죽는 우리 주인아주머니

도무지 알 길 없는 이 기적 이 신비

거짓말 않고는 장사 못하는 줄만 알았는데

참말해도 장사 잘할 수 있다니, 손님이 몰려들다니

내 머릿속 판을 확 뒤집어놓은 주인아주머니와 손님들…….

이 다음에 또 용산 갈 일 생기면

선인상가 2층 그

별난 아주머니 가게로 달려갈 것만 같은 나

왠지

왠지
왠지

지금 꼭?

왜 그런지는 모르나
늘 성급한 나

물건 사는 일이든
무슨 일이든

떠올랐다 하면
바로 해치우려 할 적마다

자동차 브레이크처럼
걸려오는 한 마디, 아내의 말

지금 꼭 해야 해?

속 좁은 여편네 말이거니
쇠귀에 경 읽듯
건성으로 흘리며 걸어왔는데

환갑에 이르러 생각해 보니
아내의 말
성현(聖賢)의 말씀이다

서둘러서 된 일도 많지만
후회할 일도 얼마나 많은가

지금 이 곳에
꼭 알맞게 살기
누가 봐도 자연스럽게 살기

시중(時中), 중용(中庸)이란 가르침
오른쪽 왼쪽 치우치지 말란 성경의 가르침이
바로 이것 아니던가
여보
이제부턴 명심할 게요
무슨 일 하고 싶을 적마다 떠올릴 게요
당신의 그 말씀

지금
꼭
해야 해?
지금 꼭?

가장 큰 복

그냥
그 사람이 사랑스러워 보이는 것
눈 뜨고 있으면 눈 뜬 대로
눈 감고 있으면 눈 감은 대로
건강하게 움직일 때는 움직이는 대로
아파서 힘 없이 늘어져 있을 때는 늘어진 그대로
그냥
환장하게 사랑스러워만 보이는 것
이뻐서
그 볼을 만지고 부비고
꽉 안아만 주고 싶은 것
도대체 영문도 모르게
그렇게 그냥
좋아만 보이는 것
그래서 마침내
늘 꼭 붙어다니고 싶고
붙어있고 싶고
확 한 몸뚱이로 엉겨버리고만 싶어지는 것

세상에서 가장 큰 저주는
앞에서 생각한 것과
꼭 반대인 것
그냥
주는 것 없이 미운 것
보기도 싫고 만나기도 싫고
닿으면 징그럽기만 한 것
멀어만 지고 싶은 것
아주 뚝 떨어져 살고 싶은 것
내가 떠나든 제가 떠나든
둘 중에 하나가 지구를 떠나야 하는 것

오 주님
이 짧은 세상
만나는 모든 이들
그냥
사랑만 느끼다 가게 하소서

사랑만 하다 가게 하소서
돈도 명예도 필요 없사오니
아니 일용할 양식만 있으면 풍족하오니
이 복
가장 큰 복 누리다 가게 하소서
아멘
아멘
아멘

한 울안 두 살림

죽으면 죽었지 같이는 못 살아
시부모 모시고는
아들 내외와는

모두들 고민한다는 요즘
제주도 풍습이라며
민속박물관 장 박사가
복음을 들려준다

한 울안에서 살되
집도 따로
밥도 따로
빨래도 띠로

절대 싸울 일도
낯 붉힐 일도 없단다

게르

몽골인들이 초원에서 이런 이름의 천막집을 지어
부모 따로, 아들네 따로, 그렇게 살던 게
120년 원나라 지배기에 말 키우던 제주도에 들어와 퍼졌는
데
그래서 제주도에서는 집 한 채 두 채를
한 거리 두 거리라 들려준다

쓸 만한 대안이다
여러 집안 살릴 수 있는 처방이다
어디
이 다음에 나도 한번 써봐야겠다.

세상에서 가장 무서운 말

"뿌린 대로 거둔다."

또는

"심은 대로 거둔다."

너무나 쉽게들 말하지만
이만큼 무서운 말이
세상에 또 있을까?

뿌리지 않고 심지 않으면
먹지 못한다는 것
굶어죽는다는 것.

그러나, 그러나, 그러나
나는 뿌린 대로,
심은 대로만 살았을까?
살고 있을까?

그런 것 같지 않다
뿌린 것보다 더 많이
심은 것보다 더 많이
거두어 먹고 살아온 것 같다
그보다 훨 잘 먹고 사는 것 같다
삼십 배 육십 배 백 배로 사는 것 같다

아니
뿌리지 않고
심지 않았어도 누리는 게 너무 많다
햇빛, 공기, 물, 할아버지, 할머니, 아버지, 어머니, 누나,
형, 형수님, 아내, 동생, 친구, 선생님, 목사님, 선배, 이
웃⋯⋯⋯⋯⋯
기도하지 않았는데도 받는 게 너무 많다
때가 되면 아무는 몸과 마음의 상처, 병, 슬픔, 분
노⋯⋯⋯⋯⋯
뿌린 대로 거둔다는 말은 거짓말

심은 대로 거둔다는 말도 거짓말
그런데 왜 그런 거짓말을 하신 걸까?
뿌리고 심는 것을 즐기라고 그런 건 아닐까?
뿌리고 심지 않으면 재미없으니 그런 건 아닐까?

아들아 게임도 좋지만

대학 1년 다니다 공군에 간 둘째아들
휴가 나오자마자 컴퓨터로 달려간다

예전엔 스타크레프트인가 뭔가 하더니
요즘은 다른 게임을 하는 것 같다
좀 알려달랬더니 싹 무시한다
아빠는 죽었다 깨어나도 못할 거라며

전에는 그냥 화면만 보며 하더니
요즘엔 헤드셋인지 뭔지
오토바이 타는 사람이 쓰는 헬멧 비슷한 거 귀에 쓰고
어떤 놈인가와 끊임없이 씨부렁대며 한다
내가 안아주려고 할 땐 그닥 행복하긴커녕
징그럽다며 피하는 놈이
게임할 때의 표정을 보면 그렇게 행복할 수가 없다`

그래 행복하면 됐다
세상이 지겨워 목숨 끊는 놈도 있는데

해도 해도 즐거운 일 있다는 거 분명 좋은 일이다

나도 중학교 3년 내내 만화에 빠지고 무협지에 탐정소설에
빠졌어도

지금 이렇게 곧잘 지내고 있으니 너라고 그러지 말란 법 있
다더냐

이렇게 생각하며 짐짓 태연한 척은 하지만

걱정 안 되는 건 아니다 그래서 하고 싶은 말

아들아, 게임도 좋지만

사람은 게임만 하러 태어난 건 아니잖겠니?

후이징가란 학자가 호모 루덴스(Homo ludens)(유희인 遊
戲人)

인간은 유희를 즐기는 존재

이렇게 말했으니 게임 즐기는 거 당연하지만

인간은 호모 루덴스만은 아니잖겠니?

호모 사피엔스(Homo sapiens) 예지인(현명한사람)

호모 하빌리스(Home habilis) 능력있는사람

호모 파베르(Homo faber) 공작인(工作人 기술사용하는사람)

호모 로퀜스(Homo loquens) 언어인

호모 폴리티쿠스(Homo politicus) 정치인

호모 이코노미쿠스(Homo economicus) 경제인

호모 릴리글로수스(Homo religlosus) 종교인

호모 아르텍스(Homo artex) 예술인

호모 마지쿠스(Homo magicus) 마술인

....

....

....

....

이렇게나 많다 아들아

잠깐 왔다 가는 세상에서

우린 이런 본능을 특징을 가능성을 잠재력을 다 펼쳐야 하는 게야

그래야 사람으로 인간으로 살다 갔다고 할 수 있는 게야

호모 루덴스

너 설마 이걸로 만족할 건 아니지?

그랬다간 눈 못 감고 죽을 테니 말이다

도둑질만 빼고 다해 보란 말처럼

할 수만 있으면 네가 가진 씨앗들을 다 터뜨려 꽃피우고 열
매 맺혀야 하지 않겠니?

골고루 빨아들여 우람하게 자라 마침내 새들을 품어주
는 나무처럼

너도 그래야 하지 않겠니?

10년 후 20년 뒤,

넉넉히 베풀며 사는 멋쟁이가 되어야 하지 않겠니?

아들아 게임도 좋지만

좋은 게 세상엔 아주 많단다

유희 본능이 발동되어

게임에 맛을 들이듯

다른 것의 맛도 보렴 제발

그래서 더 행복하렴 제발

용돈

너 이담에
우리한테 용돈 얼마씩 줄래?

휴가나온 막내한테 물었더니
한참 망설이다
끝내 말을 못한다

야 뭘 그렇게 고민해?
그냥 100만원으로 정하면 될 거 아냐?

어떻게 그렇게 해?
형편 따라서 해야지……

귀대할 때까지 한마디도 않다가
가고 나서 아내한테 말했다.

고놈 참 거짓말 못하는 놈이죠?
그냥 대충 듣기좋게 눙쳐도 될 텐데……

난 그런 고놈이 좋아요 평생 어디 가서 사기 안 칠 테니까

미안해요

난 요즘, 만나는 사람들에게 사과하기 바빠요.
젊었을 적, 나 때문에 상처 입었다면 용서하세요
철없어 그런 것이니 용서하세요

시인이자 동화작가인 이현주 목사님
어느날 양화진문화원에서 강의하며 이런다.
육십 먹으면서부터 철이 들어 그러고 다닌다고.

내 나이도 올해 딱 60
이 목사님처럼 나도 사과하며 산다 마음 속으로.
1년 하고도 4개월 마음이 병들어 있을 때

매일 부담스럽게만 여긴 당신 미안해
한번도 살뜰하게 대해주지 못한 두 아들 미안해
나 씹는 설교만 한다며 미워한 목사님 미안해요
아무리 웃겨도 웃어주지 않은 개그 콘서트 미안해
전화든 이메일이든 철저하게 안 받았던 것 미안해요
나는 괴롭건만 잘만 돌아가 야속해 했던

세상 모든 것들 미안해

누구보다도
잠자리에 들 적마다 데려가 달라 기도한 하나님 죄송해요
낫고 보니 이렇게 다시 환장하게 좋은 세상인 걸
그 사이를 못 견디고 함부로 미워하고 원망했던 거 모두 미
안해요
내 정신으로 그런 게 아니니 용서하세요

누가 나를 미워하면 나도 용서할게요
누가 내 연락 안 받거나 답장 안해도 용서할게요
제 정신이 아니라 앓는 중이라 그러려니 생각하며 용서할
게요
어서 나처럼 말짱해지길 기도하면서 기다리면서

함부로

연탄재
함부로 차지 마라
안도현 시인이 말했다지만

성경도
함부로
읽지 마라

로마서 1장 17절
"오직 의인은 믿음으로 말미암아 살리라."
딱 이 한 절에 꽂혀
종교개혁
아니 기독교개혁 일으킨
마르틴 루터만 봐도 그렇다

히틀러는
미치광이 운전수일 뿐
당장 운전석에서 끌어내리는 게

주님의 뜻이라며
온 몸으로 반나치 운동을 하다
교수형 받고 죽어간
본 회퍼 목사만 봐도 그렇다

부잣집 아들로 태어나
머리 둘 곳도 없이 사신 예수님처럼
자발적인 거지로 살다 간
아시시의 성자
성 프란시스만 봐도 그렇다

선교사도 없이 스스로들 한역(漢譯) 서학서 읽다
인간 모두는 신 앞에 평등하다는 걸 알아
1790년대 처형당하기 전,
링컨의 노예 해방보다도 한참 전에
부리던 노비 모두를 양민으로 만들어준
다산 정약용의 형 정약종
정약용보다 더 탁월한 사람이었다는

이분만 봐도 그렇다

여순 반란 때
자기 두 아들을 쏴 죽인 사람을
원수를 사랑하랬다며
아들삼은 손양원 목사님을 봐도 그렇다

성경이 진짜 하나님 말씀이라면
그리고
이 땅의 기독교 신자들
한국만 해도 1000만 명 신자
한 사람 한 사람이
그 말씀을
100프로 믿고 읽으면
한 절 한 절을
그대로 살겠다 작심한다면……

생각만 해도

겁나는 일이다
어떤 일이 벌어질지……

다행히
부담 없이
이웃집 아저씨 말이거나
이야기꾼의 스토리텔링으로 여겨
대충 듣고 즐기기만 해
판소리 추임새처럼 아멘
립서비스처럼 아멘
이러고는 치매환저처럼
확
속 편하게 잊고 사니망정이지

성경
함부로 읽을 일 아니다
자세히 읽을 일 아니다
성 프란시스처럼 정약종처럼 가진 것 다 잃을 수도

본 회퍼처럼 반체제 인사가 될 수도
손양원 목사님처럼 바보가 될 수도
제2의 루터가 되어 제2의 종교개혁, 교회개혁
아주 큰일 낼 수도 있다
정말

다른 책은 몰라도
함부로
겁없이
성경은 읽지 말자
나중에 절대 책임 안 진다

고려인의 유언

아들아 너는
언제든
떠날 차비하며 살아라

우린 그날
집과 세간 그대로 둔 채
뿌리뽑힌 나무처럼
여기 옮겨졌단다.

싱싱한 두 날개 외엔 지닌 게 없는
저 새같이
너는
그날
가볍게 뜰 수 있어야 한다.

before after

성형외과 광고를 보면 재미있다
before after
이래 놓고서는
반짝 대머리가 칠흑같은 머리로
지루한 주걱턱이 김태희 같은 얼굴로
확 바뀐 걸 보여준다

말라깽이를 군더더기 하나 없는 몸이라시는
우리 선생님의 그 거룩한 말하기 생각하기를 흉내내
나도 성형외과 광고처럼
before after를 해 본다
대학에 몸담은 사람으로서
내 맘과 말의 before after를
마치 큐티(QT : 묵상)하듯이

공부에 몰입하지 않는 학생들을 볼 때
왜 대학 들어와 속썩이나에서 그래서 내 할 일이 있는 게지
로

책도 논문도 연구실적 안 보이는 교수들을 볼 때
교수 맞나에서 강의에만 몰입하거나 막판에 대작 내놓으려
는 게지로
연구실적은 많으나 인간성이 문제인 교수를 볼 때
사람되려 공부하는 건데 한심하군에서 인간성만 좋은 교수
보다는 낫지로

할 수만 있다면
모든 것에서
바뀌고 또 바뀌어 가고 싶다 자꾸만
before after
before after
무한히
좋은 쪽으로만

아
before after의 끝을 보여주신
그분

하나님에서 사람으로
변화산 위에서 빛나는 모습으로 변형되고
죽었다 신비한 몸으로 바뀐 그분
하늘에서 다시 내려오실 그때까지
나도

죽음의 별명들

우리말
참 재미있다
죽는 걸 이렇게 표현한다

갔다
눈 감았다
숟가락놓았다
뻗었다
식었다
돌아가셨다

정말
이게 죽는 거라면
이러면 안 죽지 않을까?

죽으면 죽었지 끝내,

안 가고 버티는 거다

눈 안감는 거다 눈 부릅뜨고 있는 거다
숟가락 안놓는 거다 온 힘 다해 숟가락 들고 있는 거다
안뺏는 거다 주무르게 해서라도 안뺏는 거다
식지 않는 거다 뜨거운 물이라도 마셔 안 식는 거다
안돌아가는 거다 그냥 여기 있는 거다

누가 대통령 돼도론(論)

누가 대통령 돼도
괜찮은 나라
걱정 않는 나라
그런 나라가 되었으면 좋겠다

걱정 줄이라고 뽑는 대통령인데
늘 대통령 때문에 걱정이라면
대통령은 왜 뽑는가
안 뽑고 말지

 누가 대통령 돼도
괜찮은 나라
어떡하면 만들 수 있을까?
어렵지 않다

초등학교 때부터 대학까지
꼭 읽어야 할 책 읽히는 거다
안 읽었으면 졸업 안 시키는 거다

문학과 역사와 철학

읽고 제대로 소화했는지

제 생각을 논리적으로 근거를 들어 보탤 수 있는지

발표시키고 논문 수준의 글로 쓰게 하는 거다

기존의 지식과 최신의 지식을 두루 통달하게 하고

그렇게 하는 데 필요한 도구와 방법론을 체득하게 하는 거다

발표하고 토론하면서

남의 말과 글에 귀기울일 줄 알게 하는 거다

광장에서 소통 능력을 가지게 하는 거다

팀웍도 할 줄 알게 하는 거다

시와 글과 그림도

어느 정도는 감상하고 창작할 줄 알게 하는 거다

봉사활동도 필수화하여 남 섬기는 법과 기쁨도 알게 하는
거다

사람을 세상을 사랑할 줄 알게 하는 거다

인생을 즐길 줄도 알게 하는 거다

한마디로 기본이 돼 있고 상식을 지니게 하는 거다

누구든 대한민국 국민이면
기본적인 이해와 표현력과 예술적인 감성을 지니게 하는
거다
그런 사람 가운데
누가 봐도 우선 사람 같은 사람 가운데
조직력과 지도력이 탁월한 사람
판세를 보는 눈이 원대하고 정확한 사람
형제간에 우애가 좋은 사람
가능하면 결혼하여 자식 가진 이의 심정도 아는 사람
돈이 너무 많지도 너무 없지도 않은 사람
어느 정도는 그 능력이 검증된 사람
아무리 힘들어도 차마 독재, 독선, 막말 이런 건 안하는 사람

이런 사람이면
그 누가 돼도 좋으니
복수로 추천들 한 다음
더러는 제비뽑기도 해서 선출하는 거다
성경에 자주 나오는 그 제비뽑기 방식을 쓰는 거다

조직력이나 금맥이나 인맥이나 학맥이 작용 못하게 하는 거다

일단 당선이 확정되면 대통령 연수를 받게 하는 거다

대통령학 강의하는 교수들한테 특강받게 하는 거다

옛날 왕들이 경연으로 공부하였듯이 그렇게 하는 거다

취임 후에도 지속적으로 공부시키는 거다

잘못하면 재교육도 시키는 거다

세종이나 성종 및 정조 같은 실력파 군주도 경연했는데

뭐가 잘났다고 유능한 각료도 안쓰는 데다 공부도 안한단 말이냐

대통령 되겠다 맘먹었다면

스스로 전통시대의 제왕학 관련 책과 글

예컨대 《서경》의 〈홍범〉, 《대학》, 《고문진보》의 〈대보잠〉, 《성경》의 〈잠언〉이나 〈열왕기〉는 꼭 읽어야 하는 거다

일반인도 교양으로 읽어야 할 책인데 이것도 읽지 않고 대통령 나온다면 낯 두꺼운 거다

할아버지나 아버지 배경으로 대통령 되어서도 안 되고

지연이나 학연으로 대통령 되어서도 안 되고

군대 힘으로 대통령 되어서도 안 되고

철저히 인문사회적 능력 또는 문사철 능력으로 대통령이
되어야 하는 거다

그렇지 않은 사람이 대통령 되어 봤자 국민한테 들들 볶여
못 견디게 하는 거다

아무튼

위에서 말한 이런 사람이 대통령 돼야

국민이 걱정 않는다

기본이 되어 있으니 걱정할 게 없어진다

더러 연설을 한마디 해도 멋진 표현으로 감동 준다

링컨의 오브 더 피플 바이 더 피플 휘 더 피플 하는 게티즈
버그 연설처럼

윈스턴 처칠의 네버 기브 업 네버 기브 업 옥스포드대 졸업
식 세 마디 연설처럼

야당과 대화를 해도 유머를 구사할 수 있다

국민을 즐겁게 한다

누가 대통령 돼도
괜찮은 나라
걱정 않는 나라
그런 나라가 되었으면 좋겠다

지행합일(知行合一)

석학과 함께하는 인문학강좌의 어느 날

양명학의 권위자 정인재 선생님
이웃집 할아버지만 같은 얼굴로 부드럽게
들려주신 말씀

지행합일(知行合一)
뭔 말인지들 아세요?
아는 것과 실천하는 것이 일치해야 한다고들 알고 있죠?

그게 아니라는 거다
왕양명 선생이 말한 뜻은 다른 거라는 거다

사무치게 알면 저절로 실천하느니……
그게 지행합일(知行合一)이란다
그냥 살았으면 평생 오해했을 그 말씀
사무치게 내 가슴에 와 꽂혔다 피가 나올 정도로

직업병

국문과 교수 30년

틀린 글자만 보여요
틀린 발음만 들려요

무슨 좋은 약 없나요?

이 복 규

1955년 전북 익산 출생

국제대학(현 서경대학교) 국문과 졸업

한국학대학원 어문학과 박사과정 1년 수학

경희대학교 대학원 국문과 수료, 문학박사

국사편찬위원회 초서연수과정 수료

국제어문학회, 온지학회 회장

서경대학교 문화콘텐츠학부 국어국문학전공 교수

밥죤스신학교 신학부·연구원 재학중.

《설공찬전연구》, 《중앙아시아 고려인의 생애담 연구》, 《국어국문학의 경계 넘나들기》, 《한국인의 이름 이야기》 등 단독저서 30여종

bky5587@hanmail.net

http://cafe.naver.com/bokforyou(이복규 교수 교회용어·설교예화 카페)

내 탓

초판 인쇄 | 2015년 11월 10일
초판 발행 | 2015년 11월 10일

저　　　자 이복규
표 지 화 최연선
본문삽화 송한근 [〈기도〉 삽화는 산성교회 어린이 작품임]

책임편집 윤수경

발 행 처 도서출판 지식과교양
등록번호 제2010-19호
주　　　소 서울시 도봉구 쌍문1동 423-43 백상 102호
전　　　화 (02) 900-4520 (대표) / 편집부 (02) 996-0041
팩　　　스 (02) 996-0043
전자우편 kncbook@hanmail.net

ISBN　978-89-6764-045-3　02810　　　　　　정가 10,000원